想太多的猫

〔美〕奥利弗·赫尔福德／著

王梅／译

人民文学出版社
PEOPLE'S LITERATURE PUBLISHING HOUSE

图书在版编目（CIP）数据

想太多的猫 /（美）奥利弗·赫尔福德著；王梅译.
—北京：人民文学出版社，2016
（猫之物语）
ISBN 978-7-02-011867-0

Ⅰ. ①想… Ⅱ. ①奥… ②王… Ⅲ. ①诗集－美国－
现代 Ⅳ. ①I712.25

中国版本图书馆 CIP 数据核字（2016）第 157570 号

责任编辑 朱卫净 尚 飞
装帧设计 李 佳

出版发行 人民文学出版社
社 址 北京市朝内大街 166 号
邮政编码 100705
网 址 http://www.rw-cn.com

印 刷 上海利丰雅高印刷有限公司
经 销 全国新华书店等

字 数 45 千字
开 本 850 毫米 ×1168 毫米 1/32
印 张 4.125
版 次 2016 年 10 月北京第 1 版
印 次 2016 年 10 月第 1 次印刷

书 号 978-7-02-011867-0
定 价 30.00 元

目 录 Contents

小猫的诗乐园

冬与夏

当空气里充满冬季的寒意
狂风在大声呼啸和哭泣
我生存栖息的所有温暖惬意
就包裹在我的毛皮外套里

在夏天可就完全两样
我的外套一天都热得发烫
但是人类却毫不在意
因为他们有适宜的薄衣穿上

雨

雨到处下得热热闹闹
猫咪们在为寻庇护所而飞跑
而人类却按习俗穿上套鞋
好让他们的“后爪”保持干燥

影子猫

有只搞笑的小猫模仿我的种种
但我是圆滚滚毛茸茸
它却那么扁那么平
我冲它喵喵叫，它一声都不吭
我奋力一跳到空中，它还在地上一动都不动

它成长的方式我可不明了
有时很小有时又很高
黎明的太阳升起花园静悄悄
它忽然变大像拉长了一半的猫

训练

你们认为我们在玩游戏
真实情况却不是这样的
我们追逐皮球和线轴
是为捕鼠和抓鸟做练习

不喜欢追逐弹力球的小猫咪
对工作职责也会装聋作哑的
挨饿的喵星人只配品尝到
来自老鼠、小鸟和小屁孩的看不起

Tae
The Coo

思考

真的很妙去想想为什么
每个国家都有一头奶牛生活着
全新全意奉献她的奶
只为我们喵星人的舒适和快乐

狮子

那头狮子一动都不动
无论春夏和秋冬
不伸懒腰也不打哈欠
在草坪上沉默得像口钟

很明显它非常非常懒
鬃毛上都长满了苔藓
更厉害的是有一对乌鸦
把巢就筑在它的两爪之间

哦，大狮子，棕色的大懒蛋
没时间再躺在草坪上面
难道你看不到阳光灿烂？
赶快起来陪我一起玩！

O Herford

牛奶壶之歌

温柔的牛奶壶质地是青花
我用整副灵魂爱着她
她竭尽全力倾倒自己
让牛奶在我的碗里满溢

她每天都坐在搁板架上
既不跳下也不爬墙
她只是等着倾倒自己
在我的每一刻欢乐时光

等牛奶壶变得空荡荡
我才不会喵喵叫着一副猴急相
自有那穿着红白外套的好奶牛
把她重新再满上

愉快的思考

这个世界有老鼠无数

因此我们应该都快乐无度

夜思

当人们把灯光熄灭
认为一切已经黑暗如夜
小猫却可以看清每种情况
就像灯亮时一样

当人们上楼睡觉
脱下衣服开始祈祷
再也没有人过来打断
小猫对幸福生活的祈愿：

再没有手对她又捏又抓
在她瞌睡时把她的毛皮摩擦
再没有从桶里泼来的冷水
也没有人捏住她的尾巴

所以你不会认为这是胡闹：
如果没人前来打扰
她可以玩个通宵
直到白天才上床睡觉

刺穿

那时我还是年幼的小朋友

他们给了我一个橡皮球

在地板上滚得骨碌碌

我用手把它挖割开

再用利爪把橡皮来穿透

然后它就再也滚不动喽

好猫和坏猫

小奶猫，你们的身体是小小的
你们的骨头是脆脆的
如果你想成长为令猫尊重的
看你玩耍的风格是不容忽略的

对阀芯和弹簧进行猛击
迅速穿过难以捉摸的绳子
由此你学会抓住谨慎的
田鼠先生和金丝雀小姐

这就是为什么在外面

小熊有一张小猫的脸
在芒果轻轻摇动的地方
长成狮子庄严又伟岸

还有一些小猫仔
会过着血腥生活骨瘦如柴
只因他们抢食和瘙痒时太粗鲁
那就是另外一个故事喽

这样的猫都会被收起来
经由无良的商人们
做成耳罩和护腕来售卖

期待

长大后我的期待是
庞大凶猛得像狮子
洪亮的叫声吓到厨子
把所有的奶油给我吃

任何人敢对我说“可怜的小猫”
我就会把他一口吞掉
然后就爬到客房上床去睡觉

流浪猫

在后院墙上潜行的大猫和小猫
虽然你们的毛稀疏又粗糙
我还是想跟你一起玩闹

虽然你们总在危险的街上嬉戏
吃一些我感到好奇的东西
虽然你们睡在阁楼与谷仓
没有温暖舒适的垫子铺在身底

虽然你们毛皮上的花纹扭扭歪歪
天冷和下雨时只能呆在门外
可我还是那么喜欢跟你们玩

快乐的旅行

当女主人佩吉走来走去
她的裙子嘲笑地窃窃私语
“你抓不住我！”它们似乎在说
我经常这样来个顺风车之旅

登高

怎么上到樱桃树上呀
正确的姿势应该是爬
小小的我却只会两手抓
看到愉快的景象透过枝桠

远方有许多大花园
很多小野猫在那里玩
那些黑棕色的斑点猫
是来自镇上的淘气包

他们穿行在红色的郁金香田
那里我还从来没有去体验
我看到那把酷酷的园丁锄
那就是杂草不生的法术

现在我要下来啦
“哎呀，哎呀，我的天哪！”
到底该先伸哪只脚呢?
黑黑胖胖的园丁你是仁慈哒
“快来帮这只小猫下来吧！”

猫咪的本分

当人们坐在桌前吃饭
小猫绝不为乞食喵喵叫唤
或者跳起来在盘里朵颐大快
（盘子里碰巧是鱼例外）

郊游

小小的树皮是我的床
窗口被压条紧紧钉上
在黑暗的篮子形船舱
我离开小镇前去远航

当他们打开我栖身的小篮
不可思议的场景映入眼帘
高高挥舞的绿鸡毛掸
似乎就要触碰到蓝天

美好的翡翠毛毯
在地面无限伸展
让我的脚痒痒的
又可以把头埋在里面

在鸡毛掸一样的树下面
站着一头奶牛目光静远
这个牛奶罐的精灵
正在吃着翡翠的地毯

小狗

小狗不会讲话又不会喵喵
走路的方式滑稽又搞笑
尾巴摆动也不大灵便
走起路来总歪歪倒倒

他是一只大狗的小宝宝
一天到晚活蹦乱跳
永远在探索新目标
喜欢探索没啥不好
但不是所有东西都可以咬

他在郁金香花田里欢蹦乱跳
把红红白白的花朵一顿乱咬
等会儿园丁过来瞧
一定会把妈妈和我责怪到

有一个游戏他永远不厌倦
开心的方式就是追自己的尾巴玩
（抓住自己尾巴，无论对你还是我
那可都是个大困难）

他有一张可爱的脸
小狗的心就在那里面
很遗憾他必然长成为
一只大狗嘈杂又讨厌

月亮

月亮就像又大又圆的奶酪
高高悬挂在花园里的树梢
就像一块奶酪每晚都在变少
似乎有谁在把它悄悄啃咬

老鼠喜欢小口啃吃奶酪
小狗会吃所有的东西只要他看到
但是他们怎么能够咬到月亮?
除非他们坐上热气球飞得高高

人类吃饭的方式很有说道
认为直接撕咬很不礼貌
他们用刀用叉还有勺
那么到底是谁把月亮来咬?

金猫

伟大的金猫金碧辉煌
我们头顶的蓝色天堂
那个永不疲倦微笑的
人们叫他是太阳

黎明他的爪子四方伸展
虽然百叶窗紧紧遮掩
可他的爪子锐利像光线
把振翅飞翔的夜鸟追赶

他把微笑投进昏暗的干草棚
棕黄色的干草也微笑相迎
他把大地的绿衣爱抚轻轻
田野和草地也愉悦颤动

他的大脸洋溢着金色笑意
这张脸的周长至少有一英里
如果没有这只金色的小猫咪
世界该是多么的乏味和无趣？

质问

小鸟昂着他的小脑壳
眨巴着眼睛质问我：
“说！你到底是猫咪威勒
还是凯蒂猫的支持者？”

猫咪的幻想

小猫在门外喵喵
猫头鹰站在树梢
海鸟在岸上鸣叫
鲶鱼在海里掀起波涛

鹧鸪有一身奇怪的羽毛
在动物园里咕咕啼叫
为什么我从来没有听到
柳树发出声音絮絮叨叨？

在黑暗的非洲

在晚上当灯光亮起
疲倦的人们坐下休息
打瞌睡或是面色庄重地
阅读他们斑驳古老的书籍

我小心翼翼地潜行
咆哮在无尽的阴影
漫游在世界最遥远的地方
那里从未有过猫族的身形

蹲伏在潮湿的林丛

我看到猎人的帐篷
随时准备怒吼着跃起
一旦听到他们的鼾声

于是我偷偷爬到
黑暗无人的走道
浓密厚重的树荫下
阳伞收起身体睡大觉

布谷鸟叫着飞回他们的鸟巢
人们像受惊的母鸡一样爬高
我独自一人，没人念叨
在黑暗的非洲，慢慢走下楼道

狗

狗嘛无非是黑的白的和黄的
满身斑点像个小丑也是有的
他们弄出的噪声是愚蠢的
却偏偏是人类所喜欢的

人们轻轻拍他的头
教他装死和乞求
还教他搬运和接球
有教养的猫儿摊摊手

人类那些关于狗的陈腐笑话

他会跳起身体摇着尾巴
人们为他鼓掌“啪啪啪”
就像他真能懂一样哈哈哈

人类说“好狗”却说“可怜的猫咪”
这实在是很没道理
为什么猫咪“可怜”而狗是“好”的
我真的是不明就里

一个人如果公正又优秀
谁更值得她托付所有
猫儿们偶尔屈尊俯就
狗却是所有人的朋友

玩耍

观察绳端的小球玩儿
看它荡过去再荡过来
哦，这是小猫一生中
最开心有趣的好消遣

它先到这边又到那边
像一只小鸟飞舞翩跹
我伏在垫子上全身发颤
像一头狮子准备随时开战

我猛扑上去吼声震天
就好像猛虎捕食一般
本以为会把它撕成两半
它却已经消失在另一边

想太多的猫

人们说早起的鸟儿有虫吃
赖床就是在浪费美德的果实
早起的鸟儿就要振翅飞翔
猫儿们快起来给它迎头痛击！

早起的鸟儿已经逃跑
唉，那个害我们白白早起的教条
绝对是胡说八道
我要赶紧再去睡个回笼觉

老鼠在仓库里欢乐聚会
小鸟在园子中觅食开胃
我常常疑惑他们吃了什么
才使自己变得如此美味

那个倒扣的天蓝色陶瓷碗
无助地躺在厨房搁板上边
不要试图向它寻求帮助
它和你一样腹中空空没饭

小球不问是与非

小猫挥杆定南北

为啥远远抛出去

它还巴巴地要返回？

一个神秘的家伙跟我长得很像
却能避开我的痛苦像水银一样
我在镜子后面找他是白忙一场
他不在那里但存在于某个地方

向鱼缸外求救作用不大

无知的家伙还在抵抗挣扎

是承受一时的利爪之痛

还是鱼缸破碎后的永恒惩罚？

有时我想真主创造猫咪很偶然
把他做坏掉的尾巴扔到下边
于是它们就变成了
灰杨柳和猫尾巴草

最近我觉得不大好
失去了平日的智谋
一个天使模样的人
赠我棵香草来治疗

辣辣的猫薄荷真是复活草
在需要的时候非常好
但还是要少少地轻轻咬
谁知道它会让你怎样瞎胡闹

你说是不是很奇怪

我在这里长久地等待

可那些穿过黑暗之门的家伙

再也没从这扇门回来

在贾氏寻欢作乐的庭院里
传说曾关着狮子和蜥蜴
贾氏已随清风去，狮子是我堂兄弟
任谁也不能将我从沉睡中唤起

如果比目鱼能够冲破冰的桎梏
随我一起在自由天地御风飞舞
在冰冷的囚室里被禁足
对它来说这难道不是耻辱？

为了比目鱼的荣誉和未来
为了对牛奶失望的等待
忘了信用把鱼带走吧
自有饥肠 “隆隆”辩解

我确定：虽然这次偷嘴
毁我终身且是最后一回
但在自由之地吃到的一口
胜过在餐桌上痛失所有

我常常发誓要改过

但发誓的时候挨饿么？

手拿水管的厨师来到了

一切荣耀都被冲跑了

不要问什么将我带到此处来

也不要问此时将我往何处带

哦，比目鱼的美妙滋味

必将那不愉快的记忆掩埋

天堂不过是旋转小球的幻象
地狱是独自在饥饿的晚上
听油炸比目鱼嗞嗞作响

我紧紧贴着坚韧的葡萄藤
任由小狗来嘲弄
直到他的低吼变成尖声的秘钥
开了大门把我拒之门外喵喵叫

从地下室一路攀爬到七楼

坐在时尚的王冠宝座上头

一路上拆解开许多球——

却参不透主人的大声吼

面对着智慧之井——瞧！

我亲“爪”劳动将它倒

我的收获只有一句话：

来如小猫去如大猫！

墨水如果是智慧的源泉来打造
谁敢污蔑闪光的“笔饮料”是圈套?
若是福佑，我不是应该把它播撒?
若是诅咒，就在那里将它打倒!

片刻的停留，短暂的苦涩味觉
就在这片墨水涓涓流淌的荒漠
我搞出了许多稀奇古怪的形状
不知是啥也不知为何在身后追我

现在我超越过去抵达安全之地
但是他们的愤怒却长久持续
虽然他们是叫我去晚餐，但还是要注意
就像一只石猫应该留心不被当作石子投出去

他们称狗为天空下堕落的灵魂
完全没注意到他愤怒的嚎叫
不管是他的威胁还是空洞的咆哮
都不能叫我让步分毫

当我年轻的时辰，

热切崇拜过后院的守护神

聆听过他的多回高谈阔论

毛却总是比进去时少了几根

啊！如果你和我能够共同商讨
抓住这万物的糟糕图稿
难道我们不会把它撕成碎片
再按照我们的心愿将它拥抱？

虽然二加二等于四是合法定义
逻辑上得出二十二也很有道理
在人所能理解的所有数字中
除了九什么也不能将我击倒在地

LIFE
VOL 1
VOL 2
VOL 3
VOL 6
VOL 7
VOL 8

不要惧怕大门在你我面前关上
从此再也不会向我们开放
生命的精华从碗中九倍涌出
你的碗破碎地躺在地板上

如果你喝的牛奶和你偷的鱼

在所有的开始和结束处结束

除非严厉的判官指向九

否则就算他们要淹死你——你也沉不下去！